U0092148

紀念品

董恕明　著

生命即詩歌

東海大學中文系　彭錦堂老師

生命即詩歌，這是真的，只是如今的時代這麼說顯得沈重。生活即詩歌，這也是很多詩人這麼說的。波赫士和聶魯達都這麼說，說詩就在街角的那頭。從街角，詩突襲波赫士，召喚聶魯達。我不知道詩是如何「穿過冬渡過河」來到董恕明的身上或腦袋的。讀恕明的詩，我很容易就可以想見她騎著腳踏車在台東街頭穿梭的模樣。那是生活，那也就是詩了。

我能這樣想像，因為我就住過那個小城。那時一遇颱風天，我便會沿大同路騎車到海邊看海，颱風來時的海特有一種奇異的安靜。若干年後，住在美國東北的安默斯鎮（Amherst），一連幾天的大雪，我沒來由想起的便是台東的颱風海，那混濁帶著黃砂色的海牆在稍遠處起落，緩慢而威嚴，近處急切拍岸的浪頭聲音變小了，你聽到的，是低沈的轟隆隆悶聲籠罩四方，讓你無法思議。

當然不只有海，離開以後，終於連風吹沙也成了鄉愁。然而當時年少在台東的我，許多時候只覺得生活單調且無聊。為什麼到了安默斯，台東才變得清晰而雋永呢？據說艾密麗・狄金蓀（Emily Dickinson）終其一生也沒離開過安默斯，她怎麼就能詩一首接一首的寫，而且是很生活的詩？從我的經驗來看，詩歌顯然首先是一種距離，生活因時空的距離而成詩，然者生活的當下若要成詩，則有待的當是一種心靈的距離吧，而我老學不會如何拿捏。

恕明似乎一點也沒有這個問題。她生長於台東，在台中大度山青春作伴多年後，又回到了台東教書，接著就說要出詩集了。在大度山時，她也寫，順手就分給朋友讀，但她確實是在回到台東後，詩才一首接一首的出來的。像我這樣的一個台東人，知道答案不只在台東。

她大概不會是在台東的街頭，停下腳踏車援筆立成那樣的寫法，但她的詩給你的，的是一種不費力氣的感覺。詩是在格律寫得費力之後才有自由詩、散文詩的想法的。誰不希望保有詩的核心而又有最大的自由度呢？然而，一旦散文詩不再是一個矛盾詞，對自由的追求也漸漸的變成是費力的事了。這種卡夫卡式的反諷是現代詩的普遍現象吧。也許現代詩人有兩種，一種從詩的核心著眼來看事物，另外一種，不去想詩的核心的問題，只隨興繞著核心寫，有時也許就忘了核心的存在。前一種詩人通常寫得精純，有時不免吃力。後一種寫來便是那種不費力的感覺，他們的危險，在於跟詩（或讀者）失聯。翻開恕明的詩集，你很快便知道她是哪一種。她如今在教書，天上的雲，教室裡的課桌椅，校園裡晃蕩的每個學生都可以是詩，有時甚且三者不分（這不是形上詮釋，她詩裡真是這麼寫的），便因為對她而言，詩的核心不需要那麼念茲在茲地把握。

如果能忘了核心，那麼距離也就不再是問題了。對於恕明，台東便是這樣一個地方吧，難怪她可以一首接一首地寫。難怪有時寄來的詩我尚未讀完，她的新作又到了。

以上所說的寫詩方式的區分確實是有的。然而所謂不費力，有時也許也還是個表象。且聽恕明自己說吧：

如果不是很用力拼搏、很迅捷靈巧、很曲折幽微……
一首歌是不是就自己睡著了，不需要誰來唱催眠曲？
沒日沒夜，那家的窗口響起高低起伏動盪不安的
旋律……
每日每夜，那往返路過的飛鳥停在電桿上，聽得
懂和聽不懂的都和天商量，畢竟，連每一朵
雲前仆後繼都趕不及那變化、篤定、翻騰與跳
躍……
好累。默默工作著的黑白鍵什麼都不敢說，隨他
去吧！嗓子啞了、咳起來了，工還是得照做，活

還是得幹！這正是生而為琴的宿命，不必像
詩，詩不過就是曬曬太陽，吹吹風的
雨，很濕。　（〈天職〉）

說詩「不過就是曬曬太陽」，指的確是它的不費力，然而說它像「雨，很濕」則詩又不能不是費心的事了。果真如此，則恕明無意間透露的是相反的訊息：「如果不是很用力拼搏……沒日沒夜……每日每夜」——這艱辛的天職指的也正是詩人如彈琴般的行當，至少有時是如此的。讓詩評家去細論這首詩如軟搖滾般的節奏與旋律吧，我想說的是，不管詩人如何自我調侃，就這首詩裡聲音與意義的經營也還再次說明了詩不只是曬曬太陽。

至於集子裡有哪些地方需要與讀者或詩的核心拉得更近些，那是恕明自己的事，她的天職。這是她的第一本詩集，此刻我只想恭賀與享受。在大度山我們和一些朋友一起學習，我們都有各自揮之不去的困難，基因的命運。這兩年我讀著她逐漸成形的風格，心裡是歡喜的。恕明曾說大度山與台東都是天堂，她來回兩地，不管怎麼走，都是從天堂到天堂。我在想，既然說天堂，便知道有地獄，她也寫了像「自殺炸彈客」那樣的詩，但大體來講，這集子裡的世界毋寧是兩個不同天堂的集合。那詩歌中的主體，是仍帶著學生情懷的年輕教師，有哲思，有現實，寫當下，也在其中一瞥永恆；她會作意發飆，但有時，她會先這樣跟你開始：

蓮花來的時候風先知道，水在夢中搖
白了頭的苦楝……　　（〈敘事〉）

按照我傳統的音感來唸，這第一行好像多了一個字，但那不相干。她這樣敘說，這樣對待，也這樣自我展示，你如果正好是她的學生，就這樣相信她吧！她知道美，所以也就能愛。為了寫詩，有些教書的朋友常常只好忽略學生。恕明不會是這樣。

我小時候也住過花蓮，那兒有幾個很好的詩人，也很有名，相較之下，台東低調了些。對於花蓮與台東，我的心是均分的。因此我特別高興如今恕明與朋友要在台東一起出詩集。那是少年的我的願望。

你懂不懂董恕明？

政治大學中文系　李癸雲

我所知道的恕明是天生的詩人。

她從來不談鍛句煉字，她也不必學詩，詩就如四體健全的嬰孩誕生了。曾有一段安靜的時期，她不想吃飯，只要寫詩，而且拿到紙筆，坐下來就寫，寫出比詩還詩的文字。我在她身上，了解到什麼叫「天生」，以及「詩人」。

當恕明的朋友真福氣，平均每年會收到六、七件她的信、卡片、小禮物、巧克力等諸如此類的消息，提醒我如常歲月裡該祝福的時刻又到了。這些祝福裡夾雜著濃濃的詩意，總是趣味盎然，單純，誠懇，一如她詩中的這些關鍵意象，樹、風、雲、花、草，因此拆信時總是陽光熙然。

後來，恕明認真的寫詩了。這本詩集裡的恕明依然和煦耀眼，只是在詩行間釋放出更多的「恕明」，我以為她的個性，一路走來，始終如一，許多深刻處，卻在文字間我才撞見。

我所知道的恕明，有一部份是洪荒原始的，有著一片綠茵、一朵浮雲、一陣微風，以及一棵挺立的樹，在那個空間，自在，童趣，渾然天成。人世間糾纏的喜怒哀樂，她全能以隱喻的方式視之，甚至是超越的看，如莊周般：「愁，愁在水中游，魚果然很勇／快不快樂干人什麼事？一隻鳳鳥／一隻龜相視一笑，天地很忙，扯／鈴」（〈寫生〉）。這個高度，是我所不了解的恕明哲學。

我所知道的恕明，入世的部份，絮絮叨叨又慷慨激昂，常讓人跟著熱血沸騰。但是，她的針砭已漸漸不耽溺於力道了：「正想著上帝賞的那口飯是陶淵明或是趙建銘吃了？只有時間藏的真好，從溝渠到牢房，瘦瘦的冬天，軟綿綿攤在廣場上晒太陽」（〈敘事〉）；「風已經說不下去，能說下去的歷史，怔怔／抬起頭來，看著星空」（〈自殺炸彈客〉）。她的評世好像金蟬脫殼般，徒留空殼在詩中，意義已羽化了。

大概不變的是她的幽默，一種恕明自己的幽默。我在大一剛認識她時，她不寫詩，綁著一根粗粗長長的辮子，很嚴肅，不苟言笑，言談之間儘是社會批判、文學責任、存在意義之類的。如果她有書寫什麼的話，應該只有論文吧。那時，我心想這人像是走錯時代的五四知識份子，這種性格在當時的校園實是一種幽默。後來，上帝在她體內放了一顆炸彈，混沌之後，重組成的恕明有另一種幽默，原來她的初始腦袋躲著的是五四的新詩。她的幽默早藏身在各種話語裡，而且越老越好笑：「綠綠的橘皮默默蜷在泥地上／心好酸」（〈破功〉），讀到這裡，我笑翻了，口腔彷彿有酸味，而臉不由得皺起……；「神，果然不得不稱臣，佛則早早開悟了，不是人，是天地／忍不住嘆了一口／氣，太虛」，原來「太虛」的意思是這樣，好個恕明。

在每一首詩的結尾，我總會看到一抹恕明嘴角的笑意，「夏天走得／悄無聲息，翻個身而已」（〈即事〉）；「雨／澆灌如繁星開闔的群樹，長出美」（〈初生〉）；「『我們只能以自己的速度／換得如火的溫度』一棵樹／和一朵花在暗夜趕著路／追上夢」（〈歷史一角〉）……，這些翻轉或神來一筆，是讀她的詩最痛快有趣的部份。

談她的詩，大概找不到什麼前人典範的影響，也無所謂哪一路的風格，恕明靜靜寫著自己的詩，回復詩歌的本質，抒情言志，如此而已。讀她的詩呢？也不過是同遊與共感。

於我，讀她的詩，更有與老友對談的閱讀空間。但是她絕不鼓勵我正襟危坐發揮詩評家的「專長」，她的〈認真〉是這樣的「認真」：「不就是／好好吃飯，好好睡睡覺，好好生活而已，那來那許多阿哩不達的道理？」恕明就是如此，詩也如此，這最像我所知道的恕明。

容我冒用一下「恕明風格」下「結論」：「讀詩就讀詩，那來那許多阿哩不達的懂不懂？」懂不懂董恕明？不太重要。

詩，詩不過就是曬曬太陽，吹吹風的雨，很濕。（〈天職〉）

目次

風很大，世界很冷

樹很熱，時間很涼

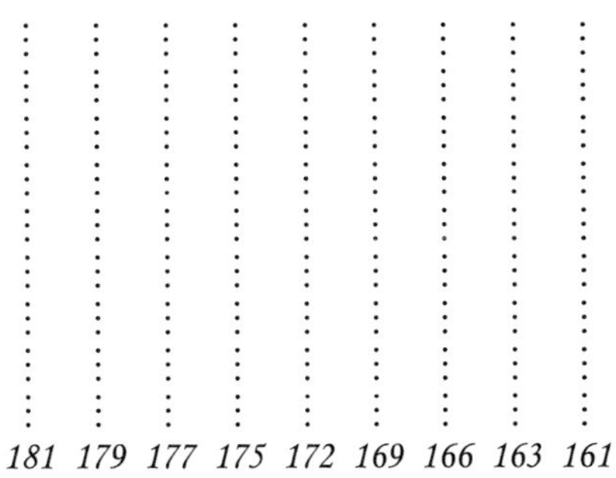

雨很靜，花草很美

問學

童年的手，一伸，大海老了五十年，呵呵笑
日日起伏的白首，搔不到癢處的大人，相邀
有飯大家一起吃？——山川、清風、微塵……
和一和嚼一嚼，童騃便長大了，長成一棵樹、
一株草、一朵花……結交與絕交。時日推移

學會了清理、耕種、灑掃……當然還要飆！飆
誰家的故事更能翻山越嶺刻苦耐勞，連時間都
不知不覺迷了路。吶喊在前徬徨在後，青春不禁
皺起了眉，不如回頭整理屋舍、田園、荒陌……
請藍天、綠地、斜陽……入座，講講
道的初生與迷惘，喜樂與憂傷

說故事

說一個故事吧，就說一個小小的故事，從紙箱造型開始，彷彿那種種關於遺棄的心情，經過巧手細細安撫、修整、上妝後，化成一棵繽紛的樹，樹上有一顆顆年少的夢，正含苞，而一直一直罰站的梁柱藏在重重的簾幕後撐持大片開闔的風景，果然吃苦非得

當吃補，還得加上曲曲折折的堅忍作藥引，想想那位
閃閃動人的巫婆，怎麼會懂累趴了的導演椅，他本也是
鐵錚錚的一條漢子，很不讓鬚眉的。儘管溫柔的鬚眉
也貯存了一肚子的冤屈，只好在白天黑夜裡練聲—吼—
吼—吼！據說童年近日總是起早摸黑出門，跟著三個總有
開不完會的小矮人出巡，真要能練得過五關斬六將，他會
因此變身成功或消失無蹤？至少威武的老人，什麼都沒說

憂鬱的王子也只說了四句。唉！這本是最好的樣子，青春偶然初逢在一座小小的山城，風很大沙很多，釋迦在坑疤顛簸中開悟，卻始終不負他凹凸有致的肉身，說長說短說美說醜，至少至少已翻過了山逛過了海，有春嬌與志明的相戀與失戀，有小花和小草的相逢與錯身，有福星的豪橫，有軍人的義勇……，有這有那……足夠說個好故事了

某年某月某日，幕緩緩升起，燈光亮

寫生

扯，從排排斜倚的階梯上，謎
帶著鎖上路，天很灰，心也很
悶，說自己說得昏天黑地，也不過
不過就是埋進深幽的夢裡，不醒

人事卻是醒過來眼冒金星，嘶吼
「我的規矩不是很多，只有……」凡有
空白處即有牢籠生？再扯
有風有樹有行人往來時間喧鬧，淹沒
回家的路，靦腆緩緩起身。一顆球閃閃
動人，拾起匆匆遺落的憂
愁，愁在水中游，魚果然很勇

快不快樂干人什麼事？一隻鳳鳥
一隻龜相視一笑，天地很忙，扯
鈴

即事

時間的聲音跟著風轉，一直轉，轉
下去，有人賣起了膏藥，一行字、兩行字、三行……
字字寫著的空無騎著氣球飄
走了，走成一團毛毛球，好毛，因為長滿
皺紋，不由自主倚老賣老了起來，老

真是一帖瀉藥呀，青春嚼不爛，嚼久了
童年猛打瞌睡坐立難安。椅子更是最最
彆腳的小偷，伊伊呀呀偷走了寂寞
寂寞還橫衝直撞換裝成穿心鎖鏈，雲
很胖，冷不妨就給逮住了，好痛！滴滴
答答，細瘦的雨悠悠晃來，夏天走得
悄無聲息，翻個身而已

敘事

蓮花來的時候風先知道，水在夢中搖
白了頭的苦楝再不敢笑欒樹龜裂枯黃
的心了。一角，一株幼嫩清純的小芽優雅的
甩甩頭，一支胖胖的掃帚正跺著方步喃喃
自語，他總是很多意見，可他也最了解凋零

的心事，否則靦腆的寂寞不會愛上他。群聲鼓譟，一個、一個、一個……謎上路了，有的早早坐定，有的逡巡不已，有的不得不兜起圈子，畢竟山水裡的仙人未必會跳，一如道駐足處留下屎尿好摳。ㄎㄧ ㄎㄧ ㄎㄡ ㄎㄡ的紅鞋朝石頭走來，問：一切就是一切嗎？四根梁柱正經八百對著一畦七葷八素的花花草草，唱起歌來，而一些飽受折磨的靈魂正想著上帝賞的那口飯是陶淵明或趙建銘吃了？
只有時間藏的真好，從溝渠到牢房，瘦瘦的冬天
軟綿綿攤在廣場上曬太陽

教室一隅

只有人，在秋天裡戀著癡，守著回聲
往殘缺前行，結局是交給喧鬧的階梯或
寂寞的窗檯？一隻瓢蟲，突然拔地嚎叫
起來：「我不會寫，只會亂寫！」一排排
書冊應聲倒地，在脆弱的圓桌上，呻吟

究竟是該曬曬太陽還是吹吹風，那一種
比較能讓搖搖欲墜的花草從夢境中歸來？
至於那些彎著腰、低著頭、轉過身的雲
走來走去，晃來晃去，找來找去，一首
詩，藏在咖啡豆的心事裡，曲曲折折
忽暗忽明

傳道

十分鐘，夢帶著謎離開，霧就自行解散了。圖書館門口堵到四朵雲正拿著路線圖商量，字要跳起舞來、唱起歌來，說起啦啦啦來，比較適合用那種隊形接受開示？風已來來去去逛了好幾圈，轉角的小店好熱，冷清的方場則像未醒的天地，他原就好端端自立自強活了大半輩子，怎麼還有勞那許多蝦兵蟹將，金戈鐵馬來說這方城池的是與不是？活著果然不會只是有一口氣而已。遠處，那遲疑著、逡巡著……的雲已落成雨，因為始終不能如願躲進屋裡喝一杯而懊惱不已。冬日裡的小黃、小白、小花……早在秋日，連吠都不吠了，逮到機會猛作日光浴，美好的生命就是要從曬太陽開始，這早已

是連說都不須說的共識，樹倒是很錯愕。駝著歲月渣滓的三輪車便這麼緩緩走過人間的道，碎了一地落葉的心

還好，還有餘火能燃燒。最好的還是圓圓胖胖的掃把了他每天每天打理這兒打理那兒……不管是神或魔來，大帚一揮，就能揮出個寬天闊地，日夜聽一草長一草短，石在草上說風霜，說虛實真假裡的失與不失，施與佈施……

破功

樹在燒，吱吱喳喳的枝葉全都攤平
冒煙。原來狂人不過就是在書頁上興風
作浪，迫害無非是個夢，夢再怎麼可惡
也會醒來，也能幡然悔悟，可師者所以成尸
或獅，吼！上刀山與下油鍋終究是尋常

技藝，風還時不時添油加醋：火不發，柴寧死，彷彿不見血的大刀，一輩子都抑鬱，而秤斤論兩的法官更有志於烹煮一種愛如魚肉，滋滋作響於無垠荒漠。一朵雲，漂來盪去，很悶，天也青著臉，憋氣「好痛！」綠綠的橘皮默默蜷在泥地上心好酸

開會

會，排序，投紅、黃、藍、綠……，點頭、搖頭
或舉手，熊不可以畫◯只能畫×，熊熊騷擾了
黑白，童年笑不出來，板著臉說：大風吹，吹
A、B、C和ㄅ、ㄆ、ㄇ，配！山風海雨日夜說天
說地說到之乎者也噫唏吁忍不住面面相覷，此中

果然有真意，卻不一定有真情？青春的腦袋裏塞滿金星，亮是很亮，刺也很刺。大人倒是慢條斯理將打了結的句子，解開來；走錯路的字詞，帶回家……無端殺出一把刀，鏗！接到奪命飛鏢，鏘！中彈！小花、小草、小樹……浴血作戰，要一枝椏杈、一片枯葉、一顆小石……搭起一座橋，好喬一喬內傷與外傷的解藥，以及調一調笑，笑得長的

當校長，陪青春彈跳！小小孩穿大鞋一步一腳印，
印在未來的心上叮噹作響，美悠悠晃過窗口，回頭。
風一直很悶，一直在修，修指甲修籬笆修門窗……
都修不過柵欄，橫豎擺平了才是王道，道可道
搭摩天輪和飛鳥撥開烏雲曬太陽！不要再找月亮
來湊熱鬧，先讓圓滾滾的她沿著流水
與群樹溜滑梯吧，溜到遇見

銀幣與星光一枚，丟進夢
與天地
會

異術

什麼都說不出口，就像那如花如夢如謎……盛開的
臉，臉再不說話還有誰說，是靜默嗎？可靜默原也
如此熱鬧繽紛啊，向左向右朝前朝後即停旋轉……是
面面俱到還是不到，到不了的又如何是好呢？翻面吧，翻開
那凹凸有致的虛無，那虛無裡往來奔騰著少年精雕細琢的天地

玄想，好玄，也讓那默默低垂的、平躺的、扭曲的……時光揉搓成白茫茫風雪一片啊！究竟又是誰竄進竄出輕薄的如此有力，厚重的如此纖細？果然不懂，成了藝術的密語——

「這究竟是什麼呢？」三進三出一頭獸，用力想，想不通有一個人胸前掛著胖胖的佛珠，說是魯智深豪邁的在山水裡舞刀弄劍談情說愛，那低迴纏綿開闔如風，在半掩的門扉徘徊，月光正好，翻過山跳過海，留下了深深淺淺的回聲

日夜長大，長成歲月裡鮮嫩的芽，不要說還有滾來滾去三隻
書蟲、墨客以及雪白大床上顛簸翻飛的歷史，教記憶飄來飄去
刷掉了再重來，化作空無，攀爬在綿密的，用過即丟也始終
潔白無暇的時間之流上。蛻變原也有那種種形而下以至
形而上的道可塗抹、拉扯、碎裂、倒懸……什麼都說不出
口的留在心裏不說，不說終不敢留
白，白了頭

唱遊

背影埋在遠遠的歌聲裡很灰
灰到信封翻滾在記憶之外約定
紅豆走進信紙裡排排坐好坐成
天長地久。風，狂奔起來搖頭揮
手：「嗨！」猛地跌落一個瘦削的

夢。轉轉轉十年開著戰鬥機來了而
走了十年說不出話的石頭，沙沙沙
說天說地說日說夜說海聽淚不聽說
北半球的腿受傷，春天瘖啞離開了
野百合⋯⋯天正黑黑。童年翻夜再翻
葉，老老的秋天輕輕哼起了年少的歌

同樂

走來走去的誰呀？路的鞋子沿路
掉，踢踢趿趿說的都是時間的喧鬧
椅子最好最乖，排排坐，坐成角落
閃爍的星光，聽黑管娓娓低吟關於
歡樂與憂傷，黎明與黑暗，童稚與

老去的心事。猛地美美的小芽卻換成一張
畫，框在驚愕裡。生病的Keyboard一直破
音，歌就唱不出歌來了，好可惜，一陣風忍不住
嘆了一口氣。那些散坐在青草上的陽光，顛三
倒四的石頭，凝神諦聽的鳳凰木，不禁說：
原來有那麼好的人啊，她為我們帶來一個

孩子，孩子笑笑走上十字架，垂首俯身
雨露風霜就這麼四散走唱，溫暖了愛

健康快樂

胖的、瘦的、高的、矮的、精神
抖擻的、體弱多病的……小芽，在春天
暖暖的陽光下，一葉葉，冒出鮮嫩的
青光。跳一跳、轉一轉，伸伸雙臂，彎下
腰，星空在遙遠的彼方，怔征望著地上閃動

的芬芳。今年的夢境，顯然抵不了去年的春光
可一樣蓊鬱蒼翠的青春，拔地而起成
今日迤邐的芳華。當然，再沒有比
夢的健康更重要的事了！垂垂老去
的記憶，奮力爬出黝黑的長廊，回頭
全是碎了一地的憂傷，從此
快樂健康

藝術嘉年華

毛毛的、麻麻的纏都很饞，吃進花蘑菇，吐出
大野狼，野狼不說話在串珠珠，串得五彩繽紛
絢爛奪目好藏住他土土的真心。可閃閃動人的
吊燈看得一清二楚，那有練過的板子上爬滿
刀光劍影，每道口子奮力將墨水的心思細細

嚼成冬日裡的柴薪，小火慢燉世間的風雨。角落
一隻粉粉的貓老大，就這麼趴著不動聲色誘捕
童年上勾，聽著來來往往的腳步聲，說著
不織布的就織記憶，把吵的鬧的花的素的
硬的軟的……都用石頭疊好，疊成一尾活龍，
熊熊撈捕時間的四處遊蕩東奔西竄，猛回頭
一只失身的陶杯，火燒火撩，好熱！好樂！

胡說

火來，油來蔥薑蒜……來，「怎麼都是我？」兩道濃眉
攪起來，坐立難安。好久，連歌都棄他而去，十六歲
小爸爸終於也會長大成繼父或小王子之流，並且一定
要直髮，髮不直心不舒，再完美的結局癱瘓在睡夢中
都是悲劇，像無端遭受波及的郵筒，用圓錐形怎麼轉

怎麼翻，都不如大聲公，喊起救命至少可以躲過狂人躲過祥子、躲過阿公阿媽……的霉運。一條線，話來畫去，還是不如來玩遊戲，不管英雄如何英雄，少女的純真堅忍便連理想國都不得不低頭，人獸魔原只是一場交換？換三棵樹、一場歌舞和一堂課，換紙筆一組換無限九九百年孤寂，再換跳樓大拍賣折價無言以對的人生啊！儘管不是烏龜蝸牛也要背起全部的家當走，彷彿只是出門旅行或在家修行。遠遠，一群綠葉坐在那裡很久了，整個上午看著走廊備受煎熬在美白整形，只為了燈光打在臉上能晶瑩剔透，美果然不是天生麗質。門，當然也很辛苦，

他的天職是該開口時不會沉默，該閉嘴時不會長舌，否則牆鐵定會狠狠的修理他。至於那些在外頭來來去去的鞋印真是幸福啊，能自由自在進出這個、那個……夢，拿起

一把刀撿起一朵花喝起一杯星光茶，和那些天真的快樂的幸福的……路，猛然錯身，騰空飛去！

學與思

有的放牧，逐水草追捕
胡思亂想。有的欄牧，依
草料挑三檢四。清晨，暴起
的咆哮，是應該拿起剪子或
放下屠刀？細碎的咀嚼聲，從遠方

傳來，近處的綿羊，則都豎起了
捲捲的毛，愈振奮便愈
狼吞虎嚥，吃進糟粕，吐出
菁華。而那些迷途的解答，會在
那一條道上，找到自己的謎？風坐在
天地，想

風很大，世界很冷

生活之歌

動，不動，有關係？只是那一種
雲或石頭的動法，才能令風理解，
無所不在的支微末節錙銖必較，不過是
重重靜默裡的漂流，如那些滴滴答答
吱吱喳喳的喧嘩，是嘆息的流浪

或是淚珠的逃亡呢？在無垠廣漠
和狹小方寸之間，當山站在那裡，路便
長在那裡，海躺在那裡，碎裂
就等在那裡，因此究竟是誰
終日在天地間編織飛舞，捕捉
無邊的勇氣與溫柔，來回走唱
啦啦啦啦啦……

山海中人

全部的椅子都趴了下來，怔怔望著行色
匆匆的時間，每天每天是被洪水還是雷電
追著跑，總是有趕不及縫補的黎明和黑夜
有填不飽肚子的群星與夜風，有打不開心結
的青天與荒地，必須一鋤一鋤的翻，一鎚一鎚

的釘，一件一件的刷洗與一頁一頁的晾曬
這究竟是誰家的一筆帳啊！千算萬算算不清
是黑輪跑的比較快或是年輪比較帥，畢竟連
全部的桌子也都躺了下來，抬著頭看那冥頑
不靈的白雲遲遲不動，而動彈不得的大地啊
竟冷不防跳了起來

煙火

「人間的煙火，真不好吃啊……」在橋下的流水，忍不住這麼想。每天每天她和橋擺渡這個、那個……人，到大城裡謀生，有三級貧戶能一躍龍門，寒窗或許最了解他，可魚肉不一定懂。他們奮力游著、覓食、繁衍……

網羅一來，他們要不是清蒸煎炸紅燒，再不是
抽筋扒骨生鮮入胃，犧牲已到最後關頭仍是
犧牲！果然，那是朱門之所以是朱門的理由
臉紅了，氣也不會喘，更何況連氣也是珠光
寶氣，金碧輝煌！「人間的煙火，真不似
人間啊！」橋也時不時低頭對流水說

某日

天籟之音和鬼哭神嚎，同時在水中混，再攪一攪，調成畫外飛來飛去的刀光劍影，甚至是花花綠綠的死，繽紛降臨。廣場上一灘清水，沿著時間的軸，滑了出去，要練一種生。而幽靈忽左忽右唱著歌，至整團解放屎尿，道便跋涉前來聽訓。遠處悠悠傳來一聲嘆息，讓青蛙啣走了。倒是打死不退的風，跳起了舞，在國語、台語和黃梅調之外的粼粼波光中，載浮載沉

扶助

「很重。」嘆息溫柔的說四十年，悠悠
母親的大悲咒，足以讓地獄也
開悟了，可惜父親在天堂無從聞問——
「好險？」一塊磚含冤了十多年，那早逝
的小小的花兒，一定一定經常哭，哭

張伯伯的牆在張媽媽的夢中都
花了，秤子才終於找到了他，放回
方正的心田，補強。「重算！」關於
孤獨和寂寞的重量，正好活生生壓垮
紙筆的最後一根脊梁骨，每一個字
都喊痛，瘀青。在家的那口井早已遍體

鱗傷，每日每夜那望眼欲穿的鄉愁啊，請問

多重？

安寧

請，好走。阿公您想要的梯子，已站在牆角
他會一直等你準備好，佛祖也會很在意您的
旅途是否平安，就像那位山東大伯說朋友在
六點半會來接他，別忘了多放一張椅子喲！
還有阿嬤，她已經在試妝，想試試走田園風

或懷舊風，那一種最適合這趟長途的旅行。
至於那位帥哥，他問：「小姐，你怎麼不戴口罩？」小姐說：「我戴上口罩，你就看不到我漂亮的口紅了！」原來如此，再破碎猙獰的傷口，幽暗無聲的等候，遇見了愛，都會微笑點頭，美美的
上路

變調

好慘，所有的衷情都含在嘴裡，吞吐
不下；所有的相遇都跌在泥裡，進退
不得；所有在黑鍵白鍵攀爬的曲折纏綿
都密密攬在一個背影裡，因為很黑很硬
便連炭火都找不到自己的光，這究竟是

李斯特的含情脈脈或是少年的羞怯純情
二十歲的心，果然蒼老不得，細緻不得
抒情不得……在隱晦和張揚的試探裡
那合該是始終說不出話的嘆息吧？湧
進來的腳步和退下去的掌聲，各懷心事
乒乒乓乓華麗的戰爭與和平遍地響起，再
繽紛炫目聲嘶力竭敲下去都不痛，彈彈

心肝而已。還好，只是一封沒有寫完的
情書，不必繳械

天職

如果不是很用力拼搏、很迅捷靈巧、很曲折幽隱……

一首歌是不是自己就睡著了，不需要誰來唱催眠曲？

沒日沒夜，那家的窗口響起高低起伏動盪不安的

旋律，往覆盤桓在牢籠一樣的豆芽菜圃裡，不過

就是兩雙手而已啊，如何能拿著鍋碗瓢盆又舞起
刀槍棍？
每日每夜，那往返路過的飛鳥停在電桿上，聽得
懂和聽不懂的都和天商量，畢竟，連每一朵
雲前仆後繼都趕不及那變幻、篤定、翻騰與跳
躍……

好累。默默工作著的黑白鍵什麼都不敢說，隨他
去吧！嗓子啞了，咳起來了，工還是得照做，活
還是得幹！這正是生而為琴的宿命，不必像
詩，詩不過就是曬曬太陽，吹吹風的
雨，很濕

絕技

就用這世界炒一盤菜吧?放點油,加點
蔥薑蒜,重點是什麼菜可以把這世界的
喜怒哀樂好好給說出來呢?廚子把爐鍋都
炸了,那應該是為了做出佳餚,不是核子
試爆吧?想想究竟要煮什麼菜呀!葷的

素的、口味重的或淡的、顏色多的還是少的……一路秤斤論兩錙銖必較，總會燒出一盤美味吧？當掌聲響起在蹦跳的蔥花裡，大廚照例不動聲色，連面具都汗顏。加煮一道，時間快來不及了，最嚴密精準的盤算，炒糊了的正好可以加點泥，調調味道，不妨再添點酸放點甜，放得

眼冒金星七竅生煙……門外漢怎麼懂得箇中
滋味？遠遠，好憂傷的爐火啊，淚灑在柴房裡
忽明忽滅

買賣

從一種寂寞到另一種，塞進皮夾
一日日零存整付，比任何保險
都昂貴，卻毫無風險。永遠壯健
如牛，沒有意外，更不會罹癌住院
還能免費加保種種枝椏蔓生的空或

洞作利息，讓每一枚獻身的錢幣，都在
深淵中呻吟，像池裏琳瑯滿目的願望
鍛鍊出矯健身手卻始終不會換氣。自然，
再頑強的心也一如既往，抵不過時間
的溫柔，鼓脹的荷包裏放進了
世界，擠走了分分秒秒，
永不退換

自殺炸彈客

無法可想的夏天　，遲遲不走，冬風已塞車好久
街角的店日復一日閒話家常這小鎮的喜怒哀樂
風始終聽不膩，再沒有什麼比媽媽們的閒情更能
溫暖這世界的霜雪，至少槍炮彈藥的火辣比不上
四散紛飛的手足肝腦，再繽紛壯烈，都不是上帝抿嘴

一笑，連真主阿拉都不會忍心的，那蹣跚走在路上
危顫顫的老阿嬤，怎麼就把自己製成一枚慈愛的炸
彈？恩怨情仇終究不是一堵牆，不是牆上的幾行
字，字句上頭的幾滴淚，淚滴上幾道深深淺淺
的疤？風已經說不下去，能說下去的歷史，怔怔
抬起頭來，看著星空

破妄

「廟小妖風大，池淺王八多」這話，
怎麼說？好黑的幕啊，層層積累堆疊
歷史和歷史推擠的血肉模糊，西風
和東風從來不少埋頭吹，吹得高牆
都東倒西歪了，可兩岸，兩岸

仍是人間脈脈不得語的星辰，
愛在廢墟裡陰陽失調，教養
是青蛙或鱷魚的問題，不見得
干孔夫子或釋先生什麼事。道
可道，不知道在腐中
泣了多久，連地球這顆渾球
都捅了個大洞，人啊，人！

神，果然不得不稱臣，佛則早早
開悟了，不是人，是天地
忍不住嘆了一口
氣，太虛

良心

無聊。一張椅和一張椅和另一張椅，大眼瞪小眼，翻一頁書，寫幾行字，老大不在家留話：記得小豬路過或大鳥經過時，打聲招呼。人真的很弱，動不動就淪為禽或獸，儘管禽獸好端端的過著聖賢或隱士的生活。

而門很痛，地板更是，都是傷，因為燈火的緣故，光明原不過是打了陰暗一巴掌，還拼命吼：愛！愛！愛！像鋁棒敲在小芽的身上，心都碎了，他還說：對不起，我做得不夠好……。倒是一顆祖母綠暈倒了，好冤排排罰站的鑽石、禮卷、珠寶……誠惶誠恐也服侍不了主子的經國大業，蛀了的靈魂

比萎落的身體更不經明鏡照斤兩秤，殘忍
不是一把刀，要搞到血肉糢糊才算好漢。那
燒不盡的煤炭，洗不淨的流水，爬不完的樓
全都跪了下來趴了下來倒了下來……，好鹹
的雨，滴滴答答滴滴答答，噗通噗通不痛
不痛！上帝拿著拖把，一直拖一直拖一直拖

直到把憂傷拖淨了，他會去和人商量商量，
一定會

坐下來

如果我們坐下來，像一尊佛，熊熊燃燒，心如清水照鑑耶穌走上十字架，彷佛只是要去摘一朵花，別在淚滴的衣襟上，微笑。笑一笑，恩仇會緩緩走下，像阿拉的子民一樣俯首

跪拜嗎?如果,我們坐下來
坐下來,風來雨來萬物都來,而軟弱
來不了,在母親的懷裡撒嬌、祈禱以至
咆哮,雷鳴和閃電也忍不住放歌狂舞了
這也算是一種柔弱生剛強?於是,不妨
我們坐下來,歷史是一條河,蓬首垢面,舀
一瓢水吧,洗洗臉,洗洗腳,洗洗天地的憂傷,洗出

一個、兩個、三個……千千萬萬的
人，在美麗的島上，花一般綻放

療救

搗爛、拆解、撕裂、捽碎，碎了
的天地，早已習慣了皮肉傷，
甚至扒骨抽筋如秤斤論兩的魚

肉，身是磨是魔是佛在菩提樹下
的悲憫，不怕腥，問心。朝陽
轉身回頭復照煙塵上，迷茫如
空，ㄎㄧㄥ ㄎㄧㄥ ㄎㄨㄥ ㄎㄨㄥ
敲在上帝的胸，愛已釘在了十字
架上，四散如雲如風如雨如無邊
暗夜裡群星的歌唱，轉身，面壁

過在鑿光啊，好亮！罪在月下練劍、劈磚、飛踢，剷奸鋤惡，好餓，善已滿頭大汗

和平

番刀，翻！翻！翻！山便呼—呼—呼—
哮喘，一棵棵大樹、小樹……叮叮咚咚
跪下，戰士如風降臨。平與不平，不是
小路幽徑，是天上亂無章法的雲，不均
不勻壞了陣式槍法，明月始終搶救不及。
久久，上帝編織的網，撈不住星光的淚滴

滴滴答答……雨落無聲，射進獵人的胸膛
天地躬身，刀一樣的憂傷起來

歷史一角

記憶一片片斑駁
空氣中有受傷的味道
風睜著惺忪的雙眼，馱著
他的包袱，緩緩潛行似水

夢溜進時間的長廊裡，收拾
四散的羽毛，上頭沾著風霜
的淚珠，據說是人的手跡胡亂
抹上的翳渣，扎在血淚上還
不許哭鬧，只許笑

酷寒如浪潮湧起又退下
「我們只能以自己的速度
換得如火的溫度」一棵樹
和一朵花在暗夜趕著路
追上夢

算帳

唉！落下去的是烈日，或是依依的
夕陽？詩人開始放下番刀，說
故事，故事裏說的又是誰家和誰的
離去與憂傷？攪一攪，拌一拌，藍天
和綠地曾經相親相愛，也曾恩將

仇報，更不幸同在平原裡搞丟了回家
的路。好好找那個籃子吧，別打開
夢剛從千山萬水跋涉歸來，敷著
傷。而美懸在盈盈閃爍的星空，遠遠
回望著一條小溪來來去去潺潺流著
爸爸、媽媽、孩子……的像與不像
做與不做。猛地，竄出一顆頑石拿起

鍾子和鞭子一一算計著這個那個花花
草草的是與非、對與錯、功與過……
悠悠一朵雲，經過，太陽睡著了，在
大海裏，搖啊搖……

上道

花，花花的，一路一路，開，路則直抵
藍天，忽墜綠地，時斷時續上氣不接
下氣，喘。一座島，秋來猛閉氣拉筋

練功，牽手迤邐為牢，俯身綿延為
道，道在腐中泣，斧自然無動於衷，不像
哀張大了口，嚎……好豪橫！柴薪愈燒愈
火，燒旺了朱門，烤紅了死骨。只有ㄉㄨㄞ ㄉㄨㄞ
ㄉㄨㄞ……咕溜溜一尾鱸鰻，流氓看了也不禁
瞠目——「盜亦有道啊！」無賴真不想誣賴他

遠遠，徘徊終日的潮水吐著浪花，嘿
黑，白了頭的誰家的窗，日夜垂釣無岸的
漁火，迷路的星光

後山司機

這夢總在日升前起身、刷洗、整裝……出門
沿著酣眠中的迢迢山路前行。昨天，遇見的
那一朵雲，現在轉到那兒了？開門，走進一角
小小的藍天，雖然經常睡眼惺忪仍勉力攤開一本
書，在字與字與字的縫隙間，有大片大片的春風

湧來又散去，那是天地稍給霜雪的口信，在這
曲折夾纏的荒徑上，請一定一定讓守夜的星星照亮
每一顆離家的心，正像這夢和日復一日上車、下車
的小花小草小樹……小站就這麼安安靜靜撥開了
幽暗的夜，沿路栽植了初生的黎明，上工

人生

在過與不及之間，生命是星光
比愛情更堅固，所以愛是銅牆鐵壁
喬裝成流水浮雲，擺盪比親情
更複雜的姿勢，相親相愛變成了
荒城中的阡陌奔忙。而比

童話更深沉的心，從今而後，令
生猛的大人，都垂首合什，以免
憂傷如繁花盛開，儘管，思念
始終比純真更曖昧。至於那
種種關於老去凋萎的隱痛
不妨把童年找來讓他瞧瞧

丟進時間的口袋，重溫愛與
不愛

樹很熱，時間很涼

初生

天背著海，面向山，坐，石在腳下，臥。
去年的謎，今年開始有了深深淺淺的笑意
濃一點，淡一點，方一點，圓一點……的
夢，依序入座。一條時間的河正載著老的少的
靜的鬧的……足跡經過，雲不來的時候，先請

童年坐坐。總是會長大的，像天上來去的飛鳥地上蔓生的青草，不知不覺又長了一歲，而那位說本來無一物的先生還在嗎？或許他該來瞧瞧眼前的塵埃正緊跟著風走，走到那兒，遇見了雨，澆灌如繁星開闔的群樹，長出美

灌溉

白雲把詩行塗在天上，天黑著臉問
究竟是要玩還是要鬧？雲賊賊的
什麼也不說，沿著風的腳步叮叮
咚咚撿起紛飛的落葉，在地上耕耘

播種、鋤草……長出肥美的人間
天默默看著太陽，風聽著雨，笑

快樂

練跳樓，從一樓跳到二樓，有旋轉
木馬陪著跳，也有胖的瘦的方的圓的
椅子走著瞧。卻有一團火，站著
悶燒，整片牆不免熱了起來，傘下
的夢倏地醒了過來，振作！針尖揮著

鞭子，刷子牽著棍子，畚箕背著拖把……

轟的全亂了套，什麼鞋子什麼蓮花什麼

幾公升的眼淚換三十公斤的憂鬱，都不如

動彈不得的水龍頭，全都綁上了黃絲帶

終於輪到他們好好唱一首思念的歌了。

好險，趕上了！一旁窸窸窣窣的耶誕紅

昨夜宿醉未醒，今朝全是深情

閨怨

唉！衰弱的龜爬了很多天，哀了很多天，這冬，原不是該窩在暖暖的被窩裏，烘，烘烘春夏秋裏收拾不了的花花草草作解藥，開解那冥頑不靈的痼疾，不是只有殼很硬，心卻是棉花糖，可愛是很可愛，沒人愛也是不

愛！那石頭真的很賊，以為縮頭縮尾，他
也會是一隻好龜，果真不如歸去吧！
唉！無奈的風忙了很多天，痛了很多天，這
夏，原該好好展翅高飛，飛飛抖落天地的塵埃
哎！不說也罷，不如去廟裏轉轉，想想神明
還是明事理的，不像那隻陰魂不散的龜，她

以為假裝成石頭就沒事了？撞得他頭昏眼花

牙都疼了，不是軟綿綿的都是沙發，愛……

幸福

如果一開始就走錯了道，像小牛應該在101穿L. V.

小馬在外太空捉殺人魔，至於蘇東坡，當然，他在

海南島吟風弄月就好，那需要千里迢迢來到一個小小

的山坡？如果早早，道原不過是在把屎把尿，無關

上不上道。還好，一上路就在歧途，土土的巨人有

木頭一樣溫柔的心，日夜諦聽風的呼吸草的嘆息以及歡歌的群星。歌聲翻過一頁頁天地彷彿在細讀一封封書信，一行字長一行字短，躺著、坐著、趴著、蹲著跑著、跳著……的夢，就這麼默默點亮了暗夜的幽徑，溫暖了走丟的謎

伴侶

我趕著去打開與關上思念
的心，別等我
門
鎖匙留

一天

灰色的一朵雲，出門，平常報到的街角的店，度假去了，那個和善多金瘦瘦的M叔叔會不會看不起她口袋裡的一百元？遠處悶悶的風已經變裝了好一陣子，他是給嚇壞了，傳說有一場雨打算淹了他，好慘，不過只是彎個腰撿一粒沙，有必要這麼草木皆冰嗎？昨天火大的那一團火化成今天的灰燼以後就想不通那些恩怨情仇的驢肝肺了。「請坐下。」一棵樹去繳她的長舌費那人一樣的一朵花，還醫生一樣的口吻請她坐，一次、兩次，在她不想折斷自己以前，問：「不坐不可以嗎？」一條魚，貪吃，悠悠游進一片肥美的草原，喝奶茶加花生厚片。香甜太甜，香也不免沉下臉來，好苦啊！或許還是水最好，儘管他真不好玩，規矩太多又太乾淨還完全不能溝通，說魚相忘於江湖的那個傢伙，一定是混黑道的。整天，那更灰更暗的路，看著灰雲風一樣的遊蕩，有時是一棵彆扭的樹，有時便

作一尾挑剔的魚，至於那眼冒金星卻遲遲不見的雨，不過只是忘了回
家的鞋印，她披著夢的外衣跑著跑著，時間就滾成了沙，火一樣燃燒

認真

一條深藍，躺著；一片淺藍，飄著；一塊
白，飛天，溫度剛好，高度正好，風有點懶
牧羊犬還不知道在那片山坡牧羊，牛已經
一桌桌坐定，開始論辯深思起森林的命運，
好喘！捲的直的角攪在一起，怎麼咳，都

咳不出肚裡的怨憤。果然，還是當魚比較好，再怎麼痛哭流涕連海都不知道。最倒楣的是珊瑚，雖然天生是植物人，照樣活得自足而有尊嚴，偏偏手掌、腳掌……這麼厲害，不管再怎麼團結力量大，都不敵牠輕輕舉起後的不小心落下，好痛！山趴在屋裡聽得有點莫明所以，不就是

好好吃飯，好好睡覺，好好生活而已，
那來那許多阿哩不達的道理？

任性

傷坐在輪椅上，委婉曲折，面對一排如牆的背影，每個身後都抹上了初生的朝陽，紅著臉，心事藏也不是，說也不是，只好滾進網羅裡閉氣泅泳。當一尊佛忘情開講，寂寞便叮叮咚咚順著

時光迴旋下滑……圓桌是一個個句點
等等等等，在欄杆外。排排沉思默想的
夢，望著門，門內一桶一桶的相思貯存
生息，好個你泥中有我，我泥中有土土的
坑坑疤疤的心，拄著柺杖高喊——
我不愛你！

秉性

一日日長大的房子和一日日老去的大地
始終沒商量好，究竟是收集風或捕撈雲，
那一種更適合成為終身的運動。像隔壁的
大樹，他一生只做伸展操，腳下的青草，
一輩子喜歡伏地挺身。更有成群結隊的小芽

總習慣在不眠不休的長路上照顧不成熟的夢，
而不能永久冷藏昏睡的記憶，卻是太陽此生
最大的遺憾啊！只有秋天最猛，她一出現
夏天便溫柔了起來，還三不五時陪她散步
喝下午茶，偶爾再一道去欣賞田地裡的收成
山更藏不住，時不時一杯一杯再一杯……喝得
滿臉酡紅，才敢和她搭訕

命運

春天，停在一雙鞋上，即使雙腳已爬滿風霜，走一走也就抖落了斑白的年華。不要緊的，即便好些沉默都喊啞了，彷彿那些說不出話的迷途、下錯的站、跟丟的腳……最終還是會找到一條路，就靜靜長在另一雙

鞋上。他會走遍大街小巷，越過綠野田疇像
風追他的雲，樹找她的山，而別上蝴蝶與打上
錨釘的時間會伏在流水的肩窩，輕輕翻開一頁
天地，穿在身上，等玩累了的春天，開門
回家

返家

情場，淨空，漫天星光閃爍，不是木木的心。

爬來爬去的一隻龜，蜷在最喜歡的石頭上，她的最愛來了，再不用吹泡泡，軟綿綿的，是一杯春天的泥土嗎？香香的，暖暖的，有風拌在裡頭所以很可口。還有夢在道場裡弘法，獅子正酣眠，米蟲的

小米缸咳—咳—咳，咳出一座飽滿的穀倉，正如春
始終欣欣向榮在慈惠的心田。至於飄忽不定的時間
上那兒去了？只怕龜殼不裂，連神也畫不出路線圖
追捕流雲，回家墾荒

只說

布和筆和不和？如果還是支歪了頭的筆，那斷了腿的
針，或許能了解他的心情？布不說，紙說
好可惜，線這麼好隨便亂跑亂跳亂爬亂……都是那
美美的、歡喜的、甜甜的……夢，不像墨水，墨水游來
游去，仍是一肚子黑主意，還忍不住斜著眼問：看啥曉？

唉，真是不懂，不懂手做的工啊，不是平平也是一雙
手，連腳都自以為是的說出智者的話——我做故
我在。瞧瞧掛起來的夏天，不擦防曬油，長得多好？
對面，童年從大大小小的袋子跑出來七嘴八舌
小蛙、小鳥、小貓、小馬……當然不懂彈琴說唉和
談情說愛有什麼差別？笨蛋！背影連頭也不回就

開罵了：「小孩子有耳無嘴……」桌子只是不想計較

有人，每日每夜賴著他，縫縫補補東拉西扯動刀動槍……

自己什麼都不說，只讓布說：請歲月坐坐好，不要

太老也不要太小，憂傷站起來跟著快樂走，走一條

路，路踮著腳尖像針，諦聽每一顆心溫柔長大的

聲音，ㄎㄚㄊㄚㄎㄚㄊㄚ滴滴答答……

好聽

坐下來就是坐下來，好好說話，好好
說，快的慢的長的短的輕的重的高的
低的……說著和聽著的不管懂不懂，一定

坐下來，好好說上前一步，往後退，退個
兩步，話可以說得坑坑疤疤，大不了一直
說，顛來倒去翻來覆去總要用心，好好說
再美的花，放棄了呼吸放棄了傾聽放棄了
對朝露的渴慕對流雲的追逐，什麼都別說
說什麼都不如一粒沙的沉默，那麼堅定那麼
溫柔，即使碎裂一分為二，仍是好好的靜靜的

彈著，談著流水和清風的歸程與去路，何必
一定要有偉大的超人呢？超人再偉大，那
電話亭又算什麼？總歸啊請坐下來，你聽

我說動情的忘情的負重的靈巧的流暢的
結巴的……歌，都請坐，坐下，坐過昨夜
的迷途，今天終於回到了家

好說

原來一個人的獨白再燦爛輝煌都比不上一群人的

七嘴八舌啊！拉的比彈的好聽，比絕技更吸引淚滴

假如繁星沒有了無邊的夜，又會是怎麼的寂寞啊？還好

總算有風在聽，聽不出名堂來也還有渾厚的蒼穹低吟

至少沉默，不需要練花枝爛燦的抖音，不需要學拉丁

文，不需要腹式呼吸，不需要前空翻加三迴旋，不需要在呻吟裡吊鋼絲飛簷走壁……像神的肚子雖然乾癟幽靜卻一樣裝進了山的深情海的允諾以及人的掙扎，總不是神功，更不是掉頭而去的魔力。乾坤挪移！為什麼粉粉的頑皮豹又摸黑潛來挑逗涕泗橫流的手巾？好氣，整片繽紛的球應聲跌了下來，滾成劈哩啪拉的笑，揉著眼睛

好夢

跳起舞來的歌如果跌倒，可不可以繼續跳？回頭的是誰，好帥，帥翻了澎湃洶湧的樂舞，卻拜倒在一個婉約端莊的躬身以及頭髮捲捲吸氣呼氣的笛聲裡。再怎麼囉哩叭嗦碎碎念，翻頁翻夜再換葉，誰能喚來那久久前走失的夢啊？

它總要冥頑不靈的浪漫也不肯接受風流倜儻
的燦爛，可惜昨天的夢魘又回來了，還好他總算
記起了笑，在起伏迭宕纏綿悱惻的凝望裡，他
總算也皺起了眉，在遠遠的幕後升起了一片搖頭
擺尾的霧。每天每天粗茶淡飯和柴米油鹽閒來
無事就聽聽音樂喝喝茶，很醇很純，山珍海味
綾羅綢緞就讓他們手牽手度假去吧！好說好說

一棵樹頭皮發麻枝葉亂竄聽DoReMe……

各吹各的調，調色調味調雨調雲調……

路，聽風吹，吹出一群喜歡吹泡泡的

夢，嘻嘻笑

放牧

有一群小草默默轉身離開，數頭
牛繼續在交頭接耳那一家的草料
肥又香。第一隻高聲說：走，釣
烏龜去吧。於是四隻，優雅的
晃進山水裏圍坐，默讀山水。一尾

魚，頻頻回頭看著那最最甜蜜的餌

最後，還是和一陣煙走了，坐在

大樹下的煙塵，時不時聽到窸窸

窣窣的落葉說著東家長西家短

昨天的青草又讓誰家的牛氣暈了……

真是不快樂呀！那藍藍的海，背著

一座醫生一樣的山，吐著泡泡想

一截老老的木頭扮起了夕陽追捕

雲

生靈

一直坐，坐下去會成為一盞燈還是一把
刀？孩子在孩子的世界玩起大人的遊戲
而大人果真進化成飛禽猛獸甚至更加碼
加級附帶禽流感和口蹄疫。樹當然不會懂
木頭已經是燒不盡的炭火了，更何況是

石頭？石頭變成頑強的高樓時可不想，不
想日夜以血淚洗面。這究竟是怎麼回事？
太陽每天早出晚歸按時上下班，從不覺得
少給了什麼，為什麼總是有他照不到的地方
溫暖不了的淚光？連他都不免冷了起來。
其實他知道最糟的是星星，那些傢伙鎮日
東奔西走疲於奔命，只因地上的人經常仰頭

看——那顆星是我的爸爸，那顆是媽媽，那顆
是我不及長大的孩子，而那一顆……，滿地
碎了的心，累了滿天傷了的星，好腥

正義

很會，不會笑的果然比較適合當典獄長，把大刀高高舉起來
槍砲彈藥亮出來，好猛！紅字綠字黑字……全都就位幹架
不行再丟到洗衣機裡攪。黑紙白字怎麼認真說，都是熊熊黑
白講？人事這麼精耕細作開大條小條大款小款的道，造一個
花花世界，翻頁翻頁再翻頁，哈欠聽得目瞪口呆，偏偏本該

冬眠的落葉，怎麼會在酷寒中偷偷醒來？好慘，連嘆一口氣也要舉手表決立法投票。趕時間的時間進退不得分分秒秒冒冷汗吞煤炭有礙健康，不如伸手抬腿扭腰擺臀……想想還是阿貓阿狗好，他們真的很懂「人之不如禽獸者幾希……」至於木頭，關他什麼事？雖然他知道頭目是好人、可汗是好人……是好人，只有囁嚅的I am sorry自以為神。神通常摸摸鼻子，什麼

都不說，總在灑水、掃地、除草……修理門窗。而那顆小石
一直在祂腳邊，溫柔的看著祂，像當年

生養

山養不起海，海是不是包袱細細離家
出走算了？那天怎麼辦？包一包捲一捲
丟到垃圾車上，隨便他去流浪！反正他
只是個無用的傢伙，因為無用所以陰晴
不定；因為無用，所以無孔不入；因為

無用，所以——天啊！路過的雨，冷眼看這家人的意氣，那來養不養的問題？山要沒了海會多麼的寂寞，海拋下了天會如何的傷心？至於天，他要遺棄了山和海，這世界不就枯萎了嗎？雲來了，吹著口哨招呼雨，幹活去了！

禮物

把山包在海裡，不打
緞帶，雲來時轉個圈，結好
風便會輕輕獻上一個吻
吻裡有深藏的記憶不甜不膩
是每個往來穿梭的足跡，無聲的

汗水，悄悄沿著時光的滑梯飄落在
豐美的大地，回贈給無寂的蒼穹
以及歡歌的星星，別上
心

好年冬

童年蹲下去，青春站起來！春天
夏天和秋天忙了好久，時間來不及
說：快樂乖乖，老老的歷史
有走不完的路，縫補不完的傷口。好年
總是這麼苦這麼難，這麼不願

拋下希望，在灰灰的冬天翻

紅，翻新

後記

在2006年的秋末，因為周慶華老師的邀約，我答應他加入這個「東大詩叢」的師生出書計畫，這原不是我設想中的事，但會爽快允諾的理由主要是衝著——和學生在一起。因為和學生在一起，老師是不是非要「聞道有先後」可以緩議，但學生的「青出於藍勝於藍」卻真能給我一點為人師的虛榮。當時應承的容易，之後，我便開始了種種「收詩」的窘迫。除了老友夢華和學妹文玉幫了許多忙，我那忙碌不堪的小舅以及《山海》的阿妙，也拔刀為我翻出了一些舊作，用得上和用不上的都是至親友好們的成全。

回想自己在當學生唸書時，按我個人讀詩的標準，我周圍便有極好的詩人，例如李皇誼和李癸雲。皇誼學長高我三屆，他的詩作雅緻清透，從煉字鍛句到謀篇立意，既有入世的機鋒，又有出塵的灑脫。這些年，每每在書店翻閱眾家詩冊，總不免會想到學長的詩。至於癸雲，長久以來，我經常忍不住要和旁人炫耀我有這麼一位左手寫詩論，右手寫詩的大學老友。記得她曾說過想養一條狗，要在三十五歲（？）出一本詩集，我沒許過這樣的願望，而今卻陰錯陽差的「偷」了她的心願。她當然不會和我計較這些，唯有「真正的詩人」才會有那種慷慨、同情與洞察。

這些日子就在這麼一邊回頭找詩和一邊埋頭寫詩中度過，想想還真有點不倫不類，有時甚至不太妙。自從2003年的夏天，離開生活多年的東海，回到台東，從學生「變成」老師，是工作更是學習。這本小書裡的文字大半就是我此時此刻的生活。我的老師們曾經給過我種種鍛鍊與啟發，彭錦堂老師該是其中影響我至深的一位。然而，我的學生們很可能只是「誤信讒言」就走進了教室，卻也說不準能從我有限的知識裡帶走什麼。倒是他們認真的樣子、快樂的樣子、老僧入定的樣子、莫名所以的樣子……，時不時在我眼前竄來竄去，冷不防就成了我筆下的風景。這種校園生活的「蔓延」，便成為包括我這集子而今的模樣，也是集美教系的得晉、語教系的竹君、通識中心助理楸旻、怡君以至東大隔壁的聖蓮華影印店老闆夫婦、αβ咖啡店的大姐、二姐……之力而成的「作品」。當然，更不能或忘的是，秀威編輯靚秋等人的戮力促成。

雖然「台東大學」的舊校區，長得就似個中規中矩勤勤懇懇的老師：蓊鬱的樹木、整齊的校舍和狹小的空間……，但彷彿也是在這樣的環境裡，讓我能很真實的經驗到一種素樸、實在、溫暖和從容的人生。從大度山到後山，果然是從一個家到另一個家？平常，我就這麼在台東市區這條最繁華的馬路上走來走去，一到週五，媽媽便騎著她的摩托車把我領回市郊的家，爸爸看到我的第一句話常是：「辛苦了……。」這幾年，我彷彿把姊姊和弟弟在外地較難親炙的親情，都「收歸己有」了。當生活中仍不免會碰到一些「麻煩」，我那位頂極「滅火器」般的老友就會對我說：「你現在這個樣子還抱怨，真的是一種罪惡。」的確是一針見血。

說來說去，這是本「意外而生」的書，是那些與我相遇的人、事、物……走進我生命中，編織而成的小小「紀念品」。隨著時日推移，一些人在我心中種下了花花草草藍天白雲，而一些則出門遠行，懸掛日月星辰去了……。

國家圖書館出版品預行編目

紀念品 / 董恕明著. -- 一版. -- 臺北市 :
秀威資訊科技, 2007[民96]
面 ; 公分. --（語言文學類；PG0122東大詩叢1）

ISBN 978-986-6909-76-4（平裝）

851.486　　　　96009984

語言文學類　PG0122

東大詩叢1：紀念品

作　　者 / 董恕明
發 行 人 / 宋政坤
執行編輯 / 詹靚秋
圖文排版 / 郭雅雯
封面設計 / 林世峰
數位轉譯 / 徐真玉　沈裕閔
圖書銷售 / 林怡君
法律顧問 / 毛國樑　律師
出版印製 / 秀威資訊科技股份有限公司
台北市內湖區瑞光路583巷25號1樓
電話：02-2657-9211　　傳真：02-2657-9106
E-mail：service@showwe.com.tw
經 銷 商 / 紅螞蟻圖書有限公司
台北市內湖區舊宗路二段121巷28、32號4樓
電話：02-2795-3656　　傳真：02-2795-4100
http://www.e-redant.com

2007 年 6 月　BOD 一版
定價：220 元

讀者回函卡

感謝您購買本書，為提升服務品質，請填妥以下資料，將讀者回函卡直接寄回或傳真本公司，收到您的寶貴意見後，我們會收藏記錄及檢討，謝謝！

如您需要了解本公司最新出版書目、購書優惠或企劃活動，歡迎您上網查詢或下載相關資料：http:// www.showwe.com.tw

您購買的書名：______________________________

出生日期：________年________月________日

學歷：□高中（含）以下　□大專　□研究所（含）以上

職業：□製造業　□金融業　□資訊業　□軍警　□傳播業　□自由業

□服務業　□公務員　□教職　□學生　□家管　□其它_____

購書地點：□網路書店　□實體書店　□書展　□郵購　□贈閱　□其他

您從何得知本書的消息？

□網路書店　□實體書店　□網路搜尋　□電子報　□書訊　□雜誌

□傳播媒體　□親友推薦　□網站推薦　□部落格　□其他__________

您對本書的評價：（請填代號　1.非常滿意　2.滿意　3.尚可　4.再改進）

封面設計____　版面編排____　內容____　文／譯筆____　價格____

讀完書後您覺得：

□很有收穫　□有收穫　□收穫不多　□沒收穫

對我們的建議：______________________________

____

____

____

請貼
郵票

11466
台北市內湖區瑞光路 76 巷 65 號 1 樓

秀威資訊科技股份有限公司 收

BOD 數位出版事業部

....

（請沿線對折寄回，謝謝！）

姓　　名：＿＿＿＿＿＿＿＿＿＿　年齡：＿＿＿＿　性別：□女　□男

郵遞區號：□□□□□

地　　址：＿＿＿＿＿＿＿＿＿＿＿＿＿＿＿＿＿＿＿＿＿＿＿＿＿

聯絡電話：(日) ＿＿＿＿＿＿＿＿＿＿＿＿ (夜) ＿＿＿＿＿＿＿＿＿＿＿＿

E-mail：＿＿＿＿＿＿＿＿＿＿＿＿＿＿＿＿＿＿＿＿＿＿＿＿＿＿